L'ACADEMIE DES FEMMES,

COMEDIE.

Repreſentée au Theatre du Marais.

A PARIS,

Chez AVGVSTIN COVRBE', dans la Gallerie des Merciers, à la Palme,

&

LOVIS BILLAINE, au ſecond Pilier de la grand' Salle du Palais, au grand Ceſar.

M. DC. LXI.

A MONSIEVR

MONSIEVR

DV PERTVY,

CAPITAINE DES GARDES de Monseigneur de Turenne, Gouuerneur & Bailly d'Eſpernay, & Capitaine de Caualerie au Regiment Colonnel.

ONSIEVR,

Ce n'eſt point par vne vieille coûtume de dedier ſes Ouurages, que ie prens la liberté de vous

offrir celuy-cy : I'en ay vn mo-
tif plus noble & plus iuste, &
l'honneur que i'ay eu de vous
approcher, m'a esté en mème
tems vne necessité indispensa-
ble de vous donner vne marque
publique du ressentiment que
i'en conserue. Ie vous auoüe,
MONSIEVR, que ie suis
de ces personnes qui ne se peuuent taire des choses qui meri-
tent de l'admiration, ny s'empescher de porter bien haut ce
qui les touche. Mais ie sçay
d'ailleurs qu'il me faut vaincre
icy cette passion, quoy que rai-
sonnable, & ne pouuant ignorer
qu'entre les belles qualitez que

vous faites éclater, il s'en treuue vne qui fait la maîtreſſe,
qui veut auoir le deſſus, & qui
me force tacitement au ſilence,
ie n'oze preſque aller plus auant,
de peur de bleſſer cette auſtere
vertu de toutes les grandes
ames, & qui a pris ſur la vôtre vn empire des plus abſolus.
Ouy, MONSIEVR, cette
injuſte & rigoureuſe modeſtie
qui ne s'exprime que trop dans
cette belle maniere que vous
auez & d'agir & de parler,
fait ce qu'elle peut pour nous
derober l'éclat d'vne generoſité
que vous portez au plus haut
degré, pour nous amoindrir le

prix de tant d'actions glorieuses
que vous auez faites auprés
d'vn des bras de nôtre Augusta
Monarque, & pour nous ca-
cher ce beau genie & cette bonta
d'esprit si particuliere, qui vous
ont acquis la seule felicité qu'on
peut goûter dans le monde, l'estime & l'amour de tous les hon-
nêtes gens. Mais aussi auec quel
droit & de quel front s'ozeroit
elle fascher, si ie passe outre? La
plus seuere beauté souffre enfin
vne declaration d'amour; la plus
seuere vertu ne pourra-t'elle souffrir vne declaration d'estime; &
si ce vous est de la gloire d'estre,
comme ie le viens de dire, infini

ment genereux, d'estre vaillant
& d'estre le charme des compa-
gnies, sera-ce vn crime à moy de
me ioindre à mille bouches à qui
i'entens faire le mesme discours?
Non, MONSIEVR; &
vous deuez seulement vous
plaindre que ie m'y prens mal,
& que les grands Eloges qui
vous sont dûs, souffrent de la
bassesse de mon style. Ie ne deses-
pere pas de luy voir prendre vn
iour plus de force, & que vous
ne me permettiez alors de parler
à fond de vostre illustre naiss-
sance, de vos grandes actions,
& en vn mot, de suiure les mou-
uemens du zele que i'ay pour

vous. Mais de peur qu'on ne
iuge par trop indiscret ; & qu'o
ne s'imagine auant que de l'auoi
lû, que ie vous offre icy vn diuer
tissement aussi maigre que m
lettre ; plûtost, dis-ie, que de n
pas vanter vn peu mon Ouura
ge, i'aime mieux découurir moy
mesme mon larrecin, & auoüe
que cette Piece n'est soûtenue
que de ce qui se treuue de plu
spirituel & de plus galant dan
les Dialogues du grand Erasme
qui dans la Satyre & la belle
raillerie l'a emporté sur tous les
Critiques qui l'ont deuancé &
qui l'ont suiuy. Ie n'aurois pas
esté assez temeraire pour mettre

vôtre nom à la teste d'vn Ouura-
ge dont mes amis ne m'euſſent
donné nulle bonne opinion, & qui
n'euſt receu quelque applaudiſ-
ſement du public, dont ie ſuis
redeuable en partie à la belle
execution du Theatre du Ma-
rais. Mais, MONSIEVR,
ie viurois dans vn chagrin eter-
nel, ſi ie ne pouuois iamais vous
donner que par de la Proſe ou
des Vers des marques du reſpect
& du zele auec lequel ie ſeray
toute ma vie,

MONSIEVR,

Voſtre tres-humble & tres-
obeïſſant ſeruiteur,
CHAPVZEAV.

PERSONNAGES.

LEARQVE, Pere d'Emilie.

LA ROQVE, Capitaine crû mort.

HORTENSE, Docteur.

EMILIE, crûë veuue de La Roque.

AMINTE,

LVCRECE,   } Voisines d'Emilie.

CORNELIE.

GVILLOT, Valet d'Hortense.

RAGOTIN, Valet de la Roque.

ALIX, Seruante d'Hortense.

LISETE, Seruante d'Emilie.

La Scene est au Iardin de Learque.

L'ACADEMIE DES FEMMES.

COMEDIE.

ACTE PREMIER.

SCENE PREMIERE.

ALIX, LISETE.

ALIX.

Ais enfin i'ay feruy ta Maiftreffe auāt toy,
Ie ſçay ce qu'en vaut l'aune, & te iure ma
foy,
Que ie ne voudrois pas pour le double de
gages,
De ſon boüillant caprice eſſuyer les orages.

A

LISETE.

C'eſt bien pis maintenant, depuis que ſon mary,
Qui ne s'en voyoit pas fort tendrement chery,
De depit à la guerre alla ceſſer de viure;
A toute heure à la main vous luy treuuez vn liure :
Mais à toute heure encor du iour & de la nuit,
Et ſans doute par là ſon cerueau ſe détruit;
C'eſt d'où naiſt ſon chagrin ſuiuy d'vne auarice,
Qui m'oblige à la fin de quitter ſon ſeruice.

ALIX.

Du Maiſtre que ie ſers ie viens bien mieux à bout,
Ie le laiſſe tout dire, & me moque de tout;
Mais peut-eſtre bien-toſt nous ſeruirons enſemble
Si l'hymen ta Maiſtreſſe & mon Docteur aſſemble.

LISETE.

L'hymen ! ma foy ton Maiſtre en eſt bien éloigné,
Iamais vn pauure Amant ne fut plus dedaigné.

ALIX.

Mais quand ce ne ſeroit que pour noſtre auantage,
Il nous faut toutes deux traitter ce mariage;
Il nous en reuiendroit de petites douceurs,
Que nous partagerions entre nous comme ſœurs.

SCENE. II.

GVILLOT , RAGOTIN , ALIX ,
LISETE ,

GVILLOT.

ET nous n'aurons-nous rien qui sommes deux
bons freres,
Deux Intendans d'honneur des amoureux mysteres,
Et qui malgré vos dens sçauons l'air du bureau,
Nous n'aurions pas aussi tous deux part au gasteau ?
Ma foy, vous en aurez menty, sans vous déplaire.

RAGOTIN.

Et deussiez-vous de plus vous en mettre en colere,
Deussiez-vous de dépit en secher, en maigrir,
En gronder, en pester, en creuer, en mourir ;
Nous cracher au visage, en nous baisant nous mordre,
Crier haro sur nous, mettre tout en desordre,
Sçachez qu'en fait d'argent Guillot & Ragotin,
Veulent resolument auoir part au butin.

ALIX.

Que nous veulent ces foux , ces enragez, ces rustres?

LISETE.

Ragotin, ie t'auray,

ALIX.

Guillot, si tu nous frustres,
Par ton trop de babil du fruit de nos desseins,
Ton dos en patira, nostre maistre a des mains,
Et ie n'ay qu'à luy dire.

GVILLOT.

Et que peux tu luy dire

Qu'hyer ie te careſſois, & que ie te fis rire,
Que tu le voulois bien, & que peu s'en fallut,

ALIX.

Que ie ne t'étranglay, tant cela me déplût :
Beau nez, ſois ſi hardy d'y retourner encore.

RAGOTIN.

Elle en rougit ma foy ; Liſete, mon aurore,
Nous te careſſerons auſſi quand tu voudras.

ALIX.

Guillot, encore vn coup, tu t'en repentiras,
Et tu ſçais le pouuoir que i'ay dans la cuiſine.

GVILLOT.

Ie ne le ſçay que trop, au diable ta leſine,
Et mon Maiſtre eſt bien ſot qui s'en laiſſe abuſer :
Mais quoy ie t'aime trop pour vouloir t'accuſer,
Et ie te confondrois ſi ie te tenois ſeule.

ALIX.

Di tout ce que tu ſçais, parle donc belle gueule,
Ie ne crains point ta langue, & vien......

GVILLOT.

Non, non, la paix

Ma mignonne, mon cœur, chere Alix, tu me plais
Et dés que tu voudras nous conterons enſemble,

RAGOTIN·

Liſete, mon ſoucy.

SCENE III.

EMILIE , HORTENSE , GVILLOT,
RAGOTIN, ALIX , LISETE,

EMILIE,

Lisete.

LISETE.

　　　　　　Ah Dieu ! ie tremble,
I'apperçoy ma Maistresse.

GVILLOT.

　　　　　　Et pour nous acheuer,
Mon Maistre en mesme tems vient icy nous treuuer.

HORTENSE.

Que ie suis mal seruy !

EMILIE.

　　　　　　Que ie suis patiente !

HORTENSE.

Ie ne treuue chez moy ny valet, ny seruante ;
Mais ie les voy tous deux, où ie ne voy pas clair :
Ils ont du tems de reste à venir prendre l'air.

EMILIE.

Que ce Pedan me fâche ! éuitons-le, Lisete.

LISETE.

Madame.

EMILIE.

Hé quoy iamais , Madame la coquete,

Ie ne vous treuueray qu'auecques des valets ?
Vous meriteriez bien la paire de soufflets.
Rentrez dans le logis, ie vous la garde bonne ;
Et que de tout le iour on ne l'ouure à personne,
Qu'aux Dames que i'attens dans deux heures d'icy.
Mettez ma Chambre en ordre, & mon Alcauue aussi,
Et reportez en suitte en ma Bibliotheque,
Quintilien, Plutarque, Aristote & Seneque,
Ils sont tous sur ma table, & sur mon gueridon,
Et ne demarquez rien, i'oubliois Casaubon,
Et Des Cartes tout proche auecque Campanelle,
Que ie viens de laisser ouuerts dans ma ruelle ;
Traittez les proprement, & les fermez tous trois,
Sans toucher les feüillets auec vos sales doigts,
Vn Liure entre vos mains ne s'accommode guere,
Et pour vous Ragotin, allez treuuer mon pere.

HORTENSE.

S'il faut que cette femme ait leu tous ces Autheurs,
Elle en sçait plus que moy, ny que tous les Docteurs,
Quintilien, Seneque, Aristote, Plutarque,
Des Cartes, Casaubon, tous ces Autheurs de marque,
Ces Astres du vieux tems, ces brillans du nouueau,
De cette belle veuue éclairent le ceruecu !
O Ciel ! qu'elle est sçauante!

GVILLOT.

Ah ! dites qu'elle est folle
Si vous voulez pourtant que pour vous ie l'accole?
HORTENSE.
Maistre fou, Dame Alix, sortez d'icy tous deux.

SCENE IV.

EMILIE, HORTENSE.

EMILIE.

Vous m'obligeriez fort de sortir auec eux ;
La clef de ce Iardin ne vous est pas donnée,
Pour ne le point quitter de toute la iournée ;
Et si vous en sçauiez vser ciuilement,
On vous y treuueroit vn peu plus rarement.

HORTENSE.

Ie n'y viens que pour vous, mon Ange tutelaire.

EMILIE.

Vous n'y viendriez iamais, si vous vouliez me plaire.

HORTENSE.

Vous plaire ? A ce seul but s'adressent tous mes soins.

EMILIE.

Vous réüssiriez mieux, si vous en preniez moins.

HORTENSE.

Ie ne veux pas vous croire, & i'ay trop de constance.

EMILIE.

Et moy, Docteur, pour vous i'ay trop de patience ;
L'entretien d'vn Pedan m'ennuye infiniment.

HORTENCE.

Ha farouche ! ha cruelle ! ha cœur de diamant !

EMILIE.

Emilie est mon nom, est-il folie égale !

L'ACADEMIE

HORTENSE.

On vous deuroit plûtoſt appeller Martiale.

EMILIE.

Voyons où va l'eſprit de ce beau Maiſtr'ez-arts.
Pourquoy donc? quel rapport puis-ie auoir auec Mars

HORTENSE.

Si ſur tous les mortels ſon pouuoir eſt extréme,
Plus cruelle que luy, vous tuez qui vous ayme.

EMILIE.

Où s'eſt donc répandu le ſang de tant de morts ?
Où s'eſt fait ce carnage ? où giſent tous ces corps?

HORTENSE.

Ha ! ſans aller plus loin, ce corps qu'Amour enflâme
Ce corps que vous voyez, n'eſt plus qu'vn corps ſac
  ame.
Ie ne ſuis que trop mort, puis qu'elle en eſt dehors
Et i'ay pour le prouuer des argumens ſi forts,
Qu'il faut pour les nier dementir la Nature :
Deſquels en voulez-vous ? & dans quelle figure ?
L'Entyméme eſt concis, le Sorite ingenu,
Le Syllogiſme eſt graue, & le Diléme aigu.
Si mes raiſonnemens ne vous ſont incommodes,
Pour vous les inculquer i'emploiray tous les modes
Ceſaré, Cameſtés, Feſtino, Baroco,
Darapti, Felapton, Datiſi, Bocardo ;
Ou mieux que tout cela, quittant la voye oblique,
Par vn ſeul Barbara, vous ſerez ſans replique.

EMILIE.

Ie vous laiſſe le choix ; mais ne m'en faites qu'vn.

HORTENSE.

Le medium au reſte en ſera peu commun,
Et ie vous feray voir plus clair que la lumiere,
Que ſi ie ſuis le mort, vous eſtes la meurtriere.

EMILIE.

Dieu m'en veüille garder; Mais voyons toutefois
Quel est cét argument si fort, de si grand poids.

HORTENSE.

Il faut donc supposer.

EMILIE.

                    Allons droit à la these!

HORTENSE.

Il faut supposer, dis-ie, ou bien que ie me taise.

EMILIE.

Vous feriez mieux peut-estre.

HORTENSE.

                    Ha! le choquant esprit!

EMILIE.

Frapons d'abord au but.

HORTENSE.

                    Aristote nous dit......

EMILIE.

Qu'il faut raisonner iuste.

HORTENSE.

                    Ha! la femme incommode!
Chacun, ne vous déplaise, argumente à sa mode,
Chacun a dans son stile ou du moins, ou du plus;
L'vn l'a court, l'autre long, l'vn clair, l'autre confus;
Celuy-cy l'a rampant, celuy-là magnifique;
L'vn aime le diffus, l'autre le Laconique;
Et moy de tous les deux ie veux m'en former vn,
Bref il est mal-aisé de complaire à chacun.

EMILIE.

Vous vous disloquerez enfin la mandibule,
Tréue donc d'hypothese & de tout preambule,
Et sans perdre le tems en vn long entretien,
Dites-moy dans vn mot.

HORTENSE.

                Ie ne vous diray rien,
Ie ne puis satisfaire à vostre impatience,
Ou souffrez, de par dieu, qu'vne fois ie commence.

EMILIE.

Hé bien commencez donc, & finissez bien-tost.

HORTENSE.

Cette femme me fâche, & me traitte en grimaud,
Mais quoy ? ie l'aime trop pour la fâcher de mesme.
Ecoutez. I'expedie auec ce Theoréme,
Estably dés long-tems par de graues Autheurs,
Et qui doit estre vray, s'ils ne sont tous menteurs.
L'Ame, écoutez-moy bien, est, selon leur maxime,
Plus dans l'obiet aimé, qu'au sujet qu'elle anime.

EMILIE.

Ie n'entens pas trop bien ces termes precieux,
Parlez plus clairement.

HORTENSE.

              Ie m'explique donc mieux
Tous ces contemplatifs, ces diuins Extatiques,
Qui se guindent au haut des voûtes Olympiques,
Qui vont y dérrober les celestes trefors,
Entrent à tout moment dans de si doux transports,
Que quelque bruit qu'on fist, quelque auis qu'ils en
    eussent.
On pourroit les tuer sans qu'ils s'en apperceussent.
Ces Poëtes fameux qui rauissent nos sens,
D'eux-mesmes bien souuent ne sont-ils pas absens !

EMILIE.

Cette merueille est grande, & parest peu croyable.

HORTENSE.

La cause cependant en est toute palpable,
Et ne voyez-vous pas qu'en cét euenement,
Leur ame est dans le Ciel comme en son element,

Que c'eſt là qu'elle agit, que c'eſt là qu'elle regne ;
Et qu'elle ne meut plus le corps qu'elle dédaigne.

EMILIE.

Mais qu'en concluez-vous ?

HORTENSE.

      Ha ! ce que i'en conclus !
Que ie ſuis mort, cruelle, & que voulez-vous plus ?

EMILIE.

En quel lieu maintenant ſe treuue donc voſtre ame ?

HORTENSE.

Mon ame eſt attachée au ſujet qui m'enflame ;
Et puis qu'en bonne école on definit la mort,
Le diuorce du corps d'auec l'ame qui ſort ;
Vous qui m'oſtez la mienne, ô beauté trop altiere !
Autant que ſuis mort, n'eſtes-vous pas meurtriere ?

EMILIE.

Coupons court là deſſus, ie ne crains pas beaucoup,
Qu'on m'oze rechercher pour vn ſi méchant coup,
Et pour me condamner, il n'eſt point de Legiſte :
Mais ie veux à mon tour faire vn peu la Sophiſte ;
Aimez vous par contrainte, ou de voſtre bon gré ?

HORTENSE.

La belle queſtion, i'ayme dans vn degré,
Qui fait connoiſtre aſſez que ſans nulle contrainte,
I'adore la beauté dont mon ame eſt atteinte.

EMILIE.

Puis donc que vous pouuez aimer, ou n'aimer pas,
Vous ſeul aſſeurément cauſez voſtre trépas,
Et c'eſt injuſtement que la perſonne aimée,
D'vn crime pretendu ſe verroit diffamée.

HORTENSE.

Ha ! vous l'entendez mal, & ce n'eſt pas auſſi
Pour ſouffrir d'eſtre aimée & cauſer du ſoucy,

Qu'vne beauté nous donne vne atteinte mortelle,
C'est pour nous refuser vne amour mutuelle ;
Et celuy-là sans doute est cause du trépas,
Qui peut sauuer la vie & ne la sauue pas.

EMILIE.

Enfin, Docteur.

HORTENSE.

Enfin, mon Ange, ie vous aime,
C'estoit là tout le but de ce grand theoréme,
Mon ame n'agit plus que dans vostre beau corps,
La vostre à l'en chasser feroit de vains efforts,
Mieux que vous ne pensez elles sont assorties,
Et nous auons tous deux d'étroites sympaties.
Contons. Vous estes veufue, & ie suis veuf aussi ;
Vous estes ieune encor, ie ne suis pas chansi.
Ma taille auec la vostre est assez congruente,
Ie suis Docteur fameux, & vous estes sçauante ;
Iamais Espouse n'eut vn plus conforme Espoux,
Nous ferons des enfans habiles comme nous,
Orateurs, Medecins, Poëtes, Philosophes,
Enfin nous en ferons de toutes les étofes,
Que nous verrons tous deux vn iour auec éclat,
Seruir vtilement le Prince & son Estat.
Apres tout, ie voy bien que c'est par modestie,
Que vous me témoignez en auoir peu d'enuie :
Mais au fond, sans rougir, quand vn Physicien,
Discourt de la matiere, aspirant au lien,
Qui l'vnit à la forme, il nous ajouste, Comme
Tres-naturellement la femme appete l'homme.

EMILIE.

Et moy, i'appete fort de vous bien quereller :
A qui, chetif Pedan, pensez-vous donc parler ?
Connoissant qui ie suis, me tenir ce langage,
A moy, qui ne veux plus penser au mariage !

Et

Et quand i'y penſerois, qui voudrois en ce cas,
Tout au moins vn Marquis, & cent mille ducats.
Depuis mon mary mort, ie fais la nique aux hommes,
Ie leur feray bien-toſt ſçauoir ce que nous ſommes,
Et nous auons aſſez ſouffert de leur humeur,
Pour leur montrer, enfin, que nous auons du cœur,
Adieu, mais deſormais choiſiſſez, ie vous prie,
Vn lieu plus éloigné pour voſtre réuerie,
Et comme en ce jardin on vous a trop ſouffert,
Ie feray qu'à perſonne il ne ſoit plus ouuert.

SCENE V.

HORTENSE *ſeul.*

I'Auois vn beau deſſein de deuenir bigame !
I'aurois pris vn cerbere, & non pas vne femme,
Elle auroit à toute heure ergoté contre moy.
Et de belle hauteur m'auroit donné la loy,
Ah Dieu ! qu'allois-ie faire ? & ſi cette ame vaine
L'eut pris enfin au mot, quelle euſt eſté ma peine !
Dieu me garde d'auoir iamais dans mon dongeon,
Vne femme qui lit Dés Cartes, Caſaubon !
I'ayme mieux luy ſouffrir & des dez & des cartes,
I'ayme mieux en aller prendre vne chez les Parthes,
Porſque ce Sexe croit en ſçauoir plus que nous,
De noſtre authorité d'abord il eſt ialoux.
Vne femme qui lit, & qui lit Campanelle !
Que c'eſt vn beau moyen de gaſter ſa ceruelle !

B

Et que tandis qu'elle a cette demangeaison,
Vn mary passe bien son tems à la maison:
Quand sur tous ces Autheurs son feble esprit trauaille,
Que des valets en bas ont beau faire gogaille,
Et qu'on a souuent tort d'imputer au cerceau,
Que le vin va trop viste, & s'enfuit du tonneau.
Vne bonne quenoüille en la main d'vne femme
Luy sied bien, & la met à couuert de tout blame,
Son menage florit, la regle va par tout,
Et de ses seruiteurs elle vient mieux à bout.
Mais vn liure, bon Dieu! qu'en pretend-elle faire?
Ne voudroit-elle point encor monter en chaire,
Et lasse à la maison de nous questionner,
Nous venir en public derechef sermonner?
Si nous n'y donnons ordre, apres cette equipée,
Bien-tost auec vn liure elle prendra l'espée:
Non, non, resolument, iamais femme qui lit,
Quand i'en deurois mourir, n'entrera dans mon lit.

Fin du premier Acte.

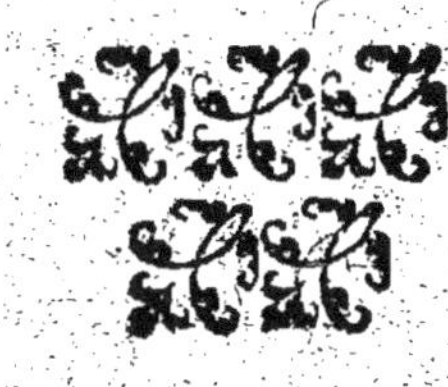

ACTE II.
SCENE PREMIERE.

HORTENSE *seul.*

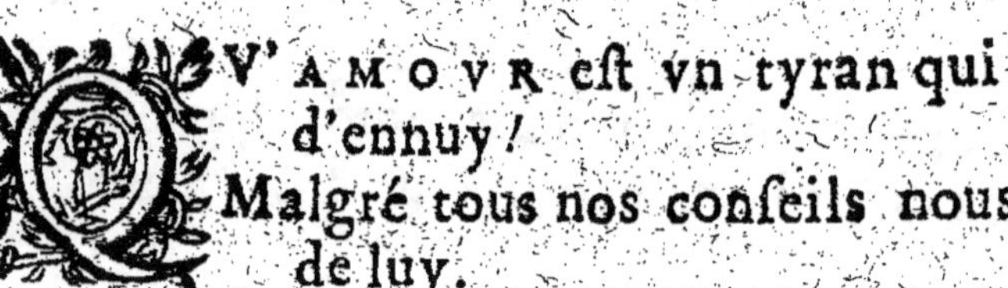

L'AMOVR est vn tyran qui nous cause
    d'ennuy !
Malgré tous nos conseils nous dépendons
    de luy.
Il veut m'enbeguiner de cette fiere veuue,
Il veut absolument que i'en fasse l'épreuue.
Ie sçay qu'elle mettra ma patience à bout,
Et pour auoir la paix, ie me resous à tout.
Peut-estre auec le tems..... Mais i'apperçoy son pere,
Ouy, puis qu'amour l'ordonne, il faut que i'obtem-
    pere ;
Taschons d'estre son gendre vne derniere fois.

SCENE II.

HORTENSE, LEARQVE.

HORTENSE.

LEarque, saluus sis.

LEARQVE.

Parlez-moy bon François,
Défaites-vous enfin de vostre pedantisme,
Et sçachez qu'à la Cour c'est vn grand barbarisme.

HORTENSE.

La Cour.....

LEARQVE.

Laissons la Cour, s'il vous plaist, comme elle est,
Ie suis icy venu pour vn autre interest,
Pour vous dire en vn mot, qu'en muguetant ma fille,
Vous esperez en vain d'entrer en ma famille.
Ma fille, sire Hortense, est d'vne qualité,
A ne souffrir qu'vn Comte à ses pieds arresté;
Encor, comme auiourd'huy, si haut le nombre en
　　monte,
A peine elle pourroit le receuoir sans honte,
Il faut luy proposer quelque chose d'exquis.

HORTENSE.

Comme quoy?

LEARQVE.

Comme vn Duc, ou du moins vn Marquis;
Car enfin nous sortons d'vne si noble race,
Que nous en voyons peu que son éclat n'efface,

Et nous pouuons conter malgré les enuieux,
Tousiours de pere en fils cinq ou six mille ayeux.

HORTENSE.

Ie m'estonne pourtant (& sauf tout vitupere)
Qu'on n'ait iamais bien sçeu quel estoit vostre pere.

LEARQVE.

C'est qu'il viuoit sans bruit, exent d'ambition,
Et qu'ayant peu de bien pour sa condition,
Il aimoit mieux aux chãps se cacher sous le chaume,
Que venir s'endetter pour coucher sous vn dôme.
Cela n'empesche pas, si vous ne le sçauez,
Que nos titres tousiours ne se soient conseruez;
Ils remplissent chez moy trois ou quatre grãs coffres:
Mais ma fille de plus me fait de belles offres,
Et comme elle est sçauante, & qu'elle lit par tout,
Elle me veut encor montrer de bout en bout,
Dans de fameux Autheurs, ma Genealogie.
Pour moy qui ne voy goutte en la Chronologie,
Et qui dans ces Autheurs ne marche qu'à tastons,
Ie ne puis retenir tous ces diables de noms.

HORTENSE.

Ie vous croy sans cela, la preuue en est trop claire.

LEARQVE.

Hortense, vous sçauez que ie vous ayme en frere,
Que nous nous connoissons depuis plus de vingt ans,
Et vous fustes tousiours le bien venu ceans.
Ma maison, mon iardin, ma bourse, tout est vostre:
Mais sans vous en fâcher, ma fille est pour vn autre.
Vostre âge, vostre humeur, vostre profession,
Ne respondent pas bien à son ambition,
Ie n'y voy rien pour vous que du desauantage,
Et vous feriez ensemble vn tres-mauuais ménage.

Mais vous n'y perdrez rien.　Deux mille escus pour
　　　vous,
Si vous pouuez treuuer pour elle vn digne Espoux;
Pourueu qu'il soit Marquis, & de la vieille datte,
Car sur ce point ma fille est vn peu delicate.

HORTENSE.

Quoy qu'on pust m'estimer pour elle assez bien né,
Ie suiuray vos auis comme d'vn frere aisné.
Ie ne penseray plus à vostre aimable veuue,
Et pour vous en donner vne infaillible preuue,
Ie connois vn Marquis bien fait, tousiours gaillard
Qui vous ira treuuer dés ce soir au plustard.

LEARQVE.

Tant mieux, sa belle humeur détournera ma fille
De tous ces chiens d'Autheurs, dont sa chambre four-
　　　mille;
Et ie crains de la voir enfin à lire trop,
Aux petites Maisons aller au grand galop.
Ie vais donc l'auertir qu'elle se tienne preste,
Et dans ce bon dessein que rien ne vous arreste.

HORTENSE.

Allez, pauure caboche, allez, feble cerueau,
Ouy, ie vous feray faire vn Marquis tout nouueau,
Et piqué iusqu'au vif, ie vais en diligence,
Prendre de vos mépris vne haute vengeance.
De mon valet Guillot, il n'est point de fripier,
Qui ne mette vn Marquis d'abord sur le métier;
Apres m'auoir traitté comme vn homme de bouë,
A mon tour maintenant il faut que ie vous iouë.

SCENE III.

HORTENSE, ALIX, GVILLOT,

HORTENSE.

Ais faisons-le venir. Heurteray-ie long-temps
Alix & mon valet...... Enfin ie les entens.

ALIX.

A la porte, Guillot, viste.

GVILLOT.

Vas-y toy-méme,
Ie prens dans le cellier deux verres d'Aposeme.

HORTENSE.

Ah le drôle ! voila comment on boit mon vin ?
Redoublons.

ALIX.

Patience, on y va.

GVILLOT.

Quel faquin
Oze pour me troubler venir heurter en maistre ?
Si i'y vais.

HORTENSE.

Mets au moins la teste à la fenestre.

GVILLOT.

Qui va là ?

HORTENSE.

Qui te rend le visage effaré.

GVILLOT.

Ce n'est rien.

HORTENSE.

L'Aposéme a-t'il bien operé ?
L'as-tu pris tout d'vn coup ? iusqu'où montoit la doze ?
Parle donc, depuis quand as-tu la bouche close ?

GVILLOT.

C'est que ie prens plaisir d'en rappeller le goust.
Sans aller au deuin, ces Docteurs sçauent tout.

HORTENSE.

Ouy, ie sçauray, maraut, punir ton insolence,
Et t'apprendre à vuider mes muids en mon absence.
Pour vn valet tout neuf qu'il faudroit bien dauber,
Tu sçais vn peu trop tost l'art de me derobber.
Ie t'ay pris sur le fait deux fois, & la troisiéme
Payera pour le tout.

GVILLOT.

Le maudit Aposéme !

HORTENSE.

Descen, & pour ce coup ie te pardonne encor.

GVILLOT.

Est-il vn meilleur maître ? Il vaut son pesant d'or.

HORTENSE.

Guillot, quoy que ie pusse auec bonne justice
Te donner tout le sou de l'eau pour ton supplice,
Te fermer la cuisine, & te bien testonner,
Ie veux plus faire encor que de te pardonner.
Par vn bon mouuement qui m'est venu dans l'ame,
Ie veux dés aujourd'huy te donner vne femme.

GVILLOT.

Me marier !

HORTENSE.

Bien plus, t'enseigner comme il faut
Deuenir Gentilhomme, & t'éleuer plus haut.
Car la femme, en vn mot, que ie t'ay preparée,
Est belle, est bien disante, est toute diaprée,

C'est vne pretieuse, elle a bien de l'aquis,
Et te dedaigneroit si tu n'estois Marquis.

GVILLOT.

Ha ! que ie sçaurois bien trancher du Gentilhomme,
S'il me tomboit du Ciel quelque notable somme !
Car comment sans argent pouuoir gentilhommer ?
Comment entre les Grans se faire renommer ?
Peut-on auoir beau train, grande meute, écurie,
Autours & Laneretz pour la Fauconnerie,
Pages, Laquais, vn Suisse à dire, qui va la ?
Car enfin vn Marquis doit auoir tout cela.

HORTENSE.

Bon, ie voy que desia la gloire t'aiguillonne ;
Mais tu ne dis pas tout, il faut que ie te donne
Touchant le Marquisat des auis importans,
Qui te pourront seruir en tous lieux, en tout tems,
I'entens du Marquisat de la fausse fabrique,
Dont ordinairement le hobereau se pique ;
Car de méme que luy tu n'as le nez tourné
Qu'à te faire estimer vn Marquis nouueau né.

GVILLOT.

C'est bien assez pour moy, puisqu'il faut que i'en taste,
D'estre de ces Marquis qui sont faits à la haste,
Et qui las de se voir de petits compagnons,
Viennent en vne nuict comme des champignons.
Ie feray bien comme eux, n'en soyez point en peine ;
Et ie sçauray sur tout bien remplir ma bedaine ;
Guille aura bien souuent l'emmarquisé Guillot,
Et Guille bien souuent payera tout l'écot.
Par diuertissement i'iray voir la donzelle,
Pour rire seulement, & causer auec elle.

HORTENSE.

Tout beau, tu vas trop vîte, il faut pour ton profit
Trauailler auant tout à te mettre en credit.

Fein donc que tu reçois des lettres d'importance,
Qu'vn Duc t'écrit souuent, & te fait confidence
D'vne intrigue d'amour, de ses secrets riuaux,
De duels, de balets, de chasses, de cheuaux.
Laisse exprés dans ta poche, ou bien sur ta toilette
Ces lettres que tu veux que par tout on trompette :
Ton tailleur, tes valets, gens à ne rien celer,
S'iroient pendre plutost que de n'en pas parler.
Mais quand tu iugeras qu'on aura pû les lire,
Pour feindre du regret, ne laisse rien à dire,
Repren-les tout fâché, querelle tous tes gens,
Nomme les étourdis, curieux, negligens ;
Et croy moy, qu'il n'est point d'esprit qui ne s'er
        bourbe,
Dans les subtils détours d'vne pareille fourbe.

GVILLOT.

Peste, comme il l'entend ! quel rusé ! quel matois

HORTENSE.

Atten, ie ne puis pas te tout dire à la fois.

GVILLOT.

Il est vray, poursuiuez, ma rate à vous entendr
S'épanouit de ioye.

HORTENSE.

                    Ecoute, il faut t'apprendre,
Pour te faire estimer, vn secret bien plus beau,
Qui portera ton nom au delà du tombeau.
Tu sçais comme aujourd'huy le Royaume fourmi
D'Autheurs bons & mauuais, dont la plume fretill
Et que nous nous voyons dedans vne saison,
Où d'écrire chacun à la demangeaison.
Qu'il ne manque non plus pour produire vn ouurag
D'Imprimeurs affamez, qui sans craindre la cage
Mettent tout sous la presse, & soûs l'espoir du gain
Le debitent bien-tost hautement, ou soûs main.

GVILLOT.

En effet, quand ie paſſe au Palais, on m'enyure.
Le beau Liure, Monſieur, Monſieur, le nouueau Liure,
On vous le porte au nez, on vous le vante bon,
Qui ma foy bien ſouuent ce n'eſt qu'vne chanſon.

HORTENSE.

Tres-ſouuent. Il faut donc apoſter quelque plume,
Qui pour te faire honneur te dedie vn volume,
Qui te nomme en l'Epitre vn Alexandre, vn Mars,
Qui te porte en valeur plus haut que les Ceſars,
En prudence au deſſus de la prudence méme,
Et te declare enfin digne du diadéme.

GVILLOT.

Pour cette belle Epitre il faut faire vn preſent.

HORTENCE.

On ne ſe pique plus de donner à preſent.

GVILLOT.

Mais.

HORTENSE.

Quoy mais ? Laiſſe-moy pourſuiure, ie te prie,
Et ne m'interrons plus.

GVILLOT.

Mais point de tricherie,
Et ſeray-ie à couuert des mauuais accidens,
Quand....

HORTENSE.

Quand, i'ay grand deſir de te caſſer les dens.

GVILLOT.

Il y va trop du mien, & ie veux bien m'inſtruire.

HORTENSE.

Tant que tu parleras, ie ne te puis rien dire.

GVILLOT.

Qui ne doute iamais ſçait tout, ou ne ſçait rien.

HORTENSE.

Qui n'écoute iamais, n'apprendra iamais bien.

GVILLOT.

Vous ne découurez pas icy tout le mystere.

HORTENCE.

Ha le maudit parleur ! ne te sçaurois-tu taire ?

GVILLOT.

Non, & ie veux enfin, en dussiez vous mourir,
Sçauoir si ie n'ay point d'accident à courir,
Quand pour faire marcher mon train tousiours de même,
Il faudra quelquefois vser de stratagéme.
Car n'auoir dequoy frire, & vouloir marquiser,
C'est dire en mots couuerts qu'il faut deualizer,
Soit en leur faisant peur, soit par quelques bricoles,
De ces bons gros Bourgeois regorgeans de pistoles.
Toutefois il est iuste, & n'est-il pas honteux
De voir vn Marchand riche, & qu'vn Marquis soit
        gueux ?
Qu'il n'ait pas le teston pour faire bonne vie,
Pour se rendre par tout où l'honneur le conuie,
A la Sphere, à l'Austruche, en tous ces autres lieux,
Où l'on va se gorger de vins delicieux ?

HORTENSE.

As-tu bien-tost tout dit ?

GVILLOT.

                Tandis que ie me mouche
Vous pouuez dire vn mot,

HORTENSE

                Va, ton erreur me touche,
Tu t'allarmes trop tost pour des maux incertains ;
I'ay l'antidote prest pour celuy que tu crains,
Et puis au pis aller. Mais que nous veut Lizete ?

GVILLOT.

Il la faut écouter.

SCENE

SCENE V.

LISETE, HORTENSE, GVILLOT.

LISETE.

MA Maistresse souhaitte,
Que le jardin se ferme, afin d'y receuoir
Des Dames du quartier qu'elle attend sur le soir.
Il faut que i'obeïsse.

GVILLOT.

O la bonne seruante !

HORTENSE.

Lisete, ta Maistresse est bien impatiente.

GVILLOT.

Elle est femme.

LISETE.

Elle veut que ie ferme sur vous,
Que ie barre la porte, & tire les verroux.

HORTENSE.

Mais, Lisete, mon cœur, sans estre querellée,
Tu peus bien nous permettre encore vn tour d'allée,
Et i'auois à present quelque conception,
Que feroit échaper la moindre motion.
Laisse nous vn moment, & fay nous cette grace,
D'abord à ton retour nous quitterons la place.

LISETE.

Ne me trompez donc pas, autrement ie pourrois
Tantost de ma Maistresse auoir bien sur les doigts.
Dépeschez, s'il vous plaist, ie retourne sur l'heure.

C

L'ACADEMIE

SCENE VI.

GVILLOT, HORTENSE,

GVILLOT.

Ette fille est iolie, & me plaist, où ie meure.
Mais mon Maistre, à propos, quel est ce pis al-
ler,
Dont sans elle tantost vous me vouliez parler.
Cela me tient au cœur, & i'en ay la migraine.

HORTENSE.

Ce n'est rien.

GVILLOT.

Tant mieux donc.

HORTENSE.

Non, n'en sois point en peine,
Mais comme il te faudra recourir à l'emprunt,
D'abord que le credit pour toy sera deffunt,
Si tous tes creanciers sur toy tombent en foule,
Si tu vois qu'à la fin cette masse s'écroule,
Qu'elle aille t'accabler, décampe promtement,
Cours viste, & chaque soir change de logement.

GVILLOT.

Fort bien, car quel affront, qu'aux yeux de la cohuë
On me vint arrester mes cheuaux dans la ruë,
Et que de mon carrosse il me fallust sortir,
Pour donner au badaut sujet de s'ébaudir ;

Ma foy, le Marquisat pourroit bien me déplaire,
Si pour l'entretenir il faut tant de mystere.

HORTENSE.

Lourdaut, te crois-tu seul qui vit de la façon?
Afin de te donner tout d'vn coup ta leçon,
Ne t'imagine pas que dans vne bicoque
Ainsi qu'en de grans lieux aisément on escroque;
On n'y peut faire vn pas, on ne peut s'y moucher,
Que le tambour battant on ne l'aille afficher,
On est trop éclairé, l'on n'a pas assez d'ombre,
Et les occasions y sont en petit nombre.
Il n'est pour ton mestier qu'vn Madrit, qu'vn Paris,
La Fortune en ces lieux a tous ses fauoris,
Et dans ces grandes mers pleines de chalandises,
On treuue moins d'écueils, & l'on fait plus de prises,
Aussi pour emprunter ne t'attaque iamais
A de petites gens dont on n'a point de paix,
Qui viendront le matin lorsque tu te reueilles
Criailler à ton lit, & percer tes oreilles.
Attaque toy plutost à ces gros partisans,
Qui sçauent mieux agir auec les courtisans,
Qui ne s'allarment point pour de petites pertes,
Et dont aux gens d'honneur les tables sont ouuertes.

GVILLOT.

Qu'on m'y verra souuent rembourrer mon pourpoint!

HORTENSE.

Tout beau, laisse moy dire, & ne m'interrons point.
Parlons de ta maison & de tes domestiques.

GVILLOT.

Pour deuenir Marquis il faut bien des rubriques.

HORTENSE.

Quoy, m'interrompre encor?

C ij

GVILLOT.

Nargue du Marquiſat?
Et i'ayme mieux cent fois eſtre ſimple goujat.

HORTENSE.

Mais.

GVILLOT.

Mais ie n'en veux point.

HORTENSE.

Daigne encore m'entendre.

GVILLOT.

Ie ne puis, qu'auriez-vous de ſurplus à m'apprendre?
C'eſt aſſez.

HORTENSE.

Sçache donc.

GVILLOT.

Ie ne veux rien ſçauoir.

HORTENSE.

Ma foy vous apprendrez, Marquis, voſtre deuoir.
Tu ne ſçaurois manquer de haute experience,
Si tu veux m'écouter auecque patience.

GVILLOT.

Patience.

HORTENSE.

Parlons tout au moins de ton nom.
N'en as tu iamais eu d'autre que Guillot?

GVILLOT.

Non,
Et Guillot eſt vn nom que ie veux rendre illuſtre.

HORTENSE.

La Cour s'en moqueroit, c'eſt vn vray nom de ruſtre,
Il feroit fort beau voir qu'au milieu d'vn écot
On te diſt en buuant, A toy, Marquis Guillot.
Il te faut donc nommer le Marquis de Guilloche,
Ce *De* ſent ſa nobleſſe, ou du moins en approche.

Mais affecte sur tout de parler par compas,
Et dans tous tes discours n'auance rien de bas,
Qui ne soit éloigné du caquet du vulgaire;
Et de peur d'y manquer, plûtost ne parle guere.

GVILLOT.

Ma foy, ie parleray quand bon me semblera,
Mais pourtant vostre auis tousiours me reglera.
Quand ie verray quelqu'vn de retour d'Allemagne;
Ne s'appreste-t'on pas pour sortir en campagne,
Luy diray-ie ? Et le Turc fait-il de grans progrez ?
Le Comte de Nassau mon cousin est aprés
A me solliciter de passer en Hongrie,
Il m'offre vn equipage, & l'Empereur m'en prie.
De Rome, ou de Turin si quelque autre reuient;
Se diuertit-on bien à Rome ? il me souuient
Que i'y passay fort bien le tems dans vn voyage
Qu'auec l'Ambassadeur i'y fis en mon ieune âge.
Hé bien ! ces discours là sentent-ils son bourgeois ?
Le stile en est-il bas ? l'entens-ie cette fois ?

HORTENSE.

Mieux que ie n'aurois crû. Mais il faut que tu songes,
Sans trop considerer les frais où tu te plonges,
De fuir en tes habits autant qu'en tes discours
Le courtaut qui du monde ignore le beau cours.

GVILLOT.

I'auray donc la culote & la petite cane,
Crauate, souliers rons, & gans de franchipane,
Mouchoirs à glans touffus, & d'vne aune en quarré
Dans mes autres habits tout sera chamarré,
Et comme à s'aiuster chacun à sa methode,
Pour les surpasser tous ie passeray la mode.
Mais sur tout pour auoir l'assortiment complet,
Il me semble qu'il faut porter du violet,

La manche decoupée en quatre cent taillades,
La chemiſe qui vient forcer ces barricades,
Qui veut ſe mettre au large, & qui bouffe d'orgueil.
Le pié tres-bien chauſſé, des rubans ſur l'orteüil,
Canons deſſus canons, chauſſes à tuyaux d'orgue;
Eſt-il aprés cela Marquis que ie ne morgue?
Qu'il me fera beau voir auec ces beaux habits!
Il vaut mieux eſtre braue, & manger du pain bis,
Et combien deuant moy vois-ie de camarades?
          HORTENSE.
Mais dans l'Academie il faut prendre tes grades,
Sçauoir adroitement manier les cornets,
Ioüer à quinquenauue, à la chanſe, aux échets,
Au piquet, au trictrac, au verquier, toutes tables,
S'emporter quelquefois, crier comme des Diables.
          GVILLOT.
Ouy i'irois imiter ces faiſeurs de cancan,
Qui pour leurs iuremens ſe font mettre au carcan!
          HORTENSE.
Voila ce que i'auois à peu pres à te dire.
          GVILLOT.
Ma foy, vous pourrez bien tout au long me l'écrire,
Qui pourroit retenir ce fatras de leçons?
          HORTENSE.
Il t'en falloit donner de toutes les façons,
A fin qu'aux yeux de tous tu ne ſois pas nouice,
Quand il faudra tantoſt en faire l'exercice.
I'oubliois vn article, & des plus importans.
Comme la Comedie eſt le charme du tems,
Qu'elle attire aujourd'huy, qu'elle eſt dans vn haut
     luſtre,
Tout ce que la Cour a de galant & d'illuſtre;
Sois des plus aſſidus à l'Hoſtel, aux Marets,
Pour faire l'eſprit fort, remarque les beaux traits;

Au Cid, à Timocrate, à des Pieces ſemblables,
Dy, les Corneilles ſont tous deux inimitables,
Les autres auprés d'eux ne ſçauroient qu'échoüer.

GVILLOT.

Par pitié quelquefois il faut bien les loüer.
Mais ie croy qu'il eſt plus de la galanterie,
De ſe mocquer de tout, d'en faire raillerie,
De treuuer à redire au Poëte, à l'Acteur,
De faire le Critique, & plaindre l'Auditeur.
Ie m'iray tout d'abord planter ſur le Theatre,
Pour y faire à l'enuy le galand, le folâtre,
Obſeruer de chacun le geſte & le minois,
Etaler mes canons, me peigner trente fois,
Durant les violons en marquer la cadence,
Ou bien en me carrant entrer en conference,
Cenſurer tout le monde, y treuuer du defaut,
Quand vne Actrice ſort (ſi l'Actrice le vaut)
Dire vn peu haut, Marquis, voy tu bien cette belle,
Ie ne me vante pas d'eſtre bien auec elle,
Mais quand tu le voudras nous la gouuernerons.

HORTENSE.

Tu peus faire leçon à tous les Fanfarons;
Ma foy tu me ſurprens, & ton apprentiſſage
A t'entendre parler ne ſent point ſon village.

GVILLOT.

I'ay ſeruy quelque tems vn vieux routier de Cour
Qui vantoit ſes hauts faits & la nuit & le iour.
I'ay bien tout retenu.

HORTENSE.

Ie le voy.

GVILLOT.

Laiſſez faire,
Ie ſuis aſſez ruſé, i'entens tout le myſtere.

Quand ie verray sortir la Roque ou Floridor :
Marquis, diray-ie encor, cét habit brillant d'or
Vient de moy. Qu'en dis-tu ? la seule petite oye
Me coute cinq cent francs, tout en belle monnoye,
Car ie paye content ; demande à Perdigeon.
Dieu me sauue il éclate, & tout en est mignon.
Ie le fis faire expres pour le iour de l'entrée,
Et chacun admiroit mon train & ma liurée.

HORTENSE.

C'est ainsi que d'abord douce comme vn agneau,
Vne femme viendra donner dans le panneau.
Croy moy qu'il n'en est point pour deuenir Marquise
Qui tout aueuglement n'engage sa franchise.

GVILLOT.

Ouy, c'est le prendre bien, & vous auez raison.

HORTENSE.

Vien donc, ie t'instruiray du reste à la maison.

GVILLOT.

Allons. Car aussi bien ie voy venir Lisete.

SCENE VII.

LISETE.

Qv'on ne nous dise plus que la femme caquete,
Ils auroient bien sans moy babillé tout le iour.
Mais les voila dehors, fermons à double tour.

Fin du deuxiesme Acte.

ACTE III.
SCENE PREMIERE.

LA ROQVE, RAGOTIN.

LA ROQVE.

'Assevre-toy, te dis-ie, & reconnoî
ton Maistre.

RAGOTIN.

Ie tremble encor de peur, ie m'enfuis, &
peut-estre
Vous estes son fantôme, ou quelque esprit follet,
Qui pourriez en ioüant me donner vn soufflet.

LA ROQVE.

Arreste, ne crain point, crois-tu que ie me moque ?
Ouure, ouure bien les yeux, & reconnoy la Roque
Ce maistre dont iadis tu te vids tant chery.

RAGOTIN.

Depuis quatorze mois il doit estre pourry.

LA ROQVE.

Ouy, ie le deurois estre, & sans le sort propice
Qui ne resolut pas alors que ie perisse,

Tu ne me verrois pas à cette heure debout.
RAGOTIN.
Pour m'en bien asseurer ie veux taster partout.
Me le permettez vous ?
LA ROQVE.
Fort bien , taste & retaste.
RAGOTIN.
C'est luy méme, ah ! mon maistre !
LA ROQVE.
Il suffit, & i'ay haste
D'apprendre si ie dois apres qu'on m'a crû mort,
Esperer qu'en ces lieux mon retour plaise fort.
Car tu sçais que ce fut pour sa seule folie,
Que ie me resolus de quitter Emilie,
Cette femme incommode à lire incessamment,
Qui raisonne à la table, au lit, méme en dormant,
Et qui dans le chagrin qu'ont toutes ces Sçauantes,
Chassoit de ma maison & valets & seruantes.
RAGOTIN.
Elle est encore pis qu'elle ne fut iamais,
Et si le Ciel du pere accomplit les souhaits ,
Elle épouse vn Marquis qu'on vient de me portraire,
D'humeur à la laisser & tout dire & tout faire.
Mais il faut empescher que ce braue Marquis.
LA ROQVE.
Non, ie dois voir icy ce nouuel Adonis.
Afin d'entrer sans bruit par cette fausse porte,
Ie t'ay fait appeller, tu sçais bien qu'il m'importe
De sçauoir tout au long quel il est , & comment
Ma femme souffrira l'abord de cét Amant.
RAGOTIN.
Monsieur, ie voy desia Lisete qui s'auance.
LA ROQVE.
Obseruons bien d'icy toute leur contenance.

SCENE II.

LISETE, RAGOTIN.

LISETE.

Qve de peine à seruir, & qu'on est bien heureux,
En ce siecle maudit de n'estre pas né gueux !
A peine vn crocheteur porteroit tous ces liures,
Et ie gagerois bien qu'ils pesent deux cent liures.
On pourra bien chercher qui les reportera.

RAGOTIN.

Ne t'afflige pas tant, Ragotin t'aidera.

LISETE.

Vraiment il fait beau voir qu'ainsi tu te reposes,
Tandis qu'à la maison l'on m'ordonne cent choses !
Tu n'as guere de cœur de me voir trauailler
Cependant qu'au Soleil tu te tiens à bâiller.
Ne meurs tu point de honte, & n'est-il pas iniuste
De me laisser tout faire ayant vn corps robuste ?
Tu n'as iamais rien sçû que manger & dormir :
Mais de faim quelque iour ie t'entendray gemir.

RAGOTIN.

Ie ne suis pas payé pour seruir ta maistresse.

LISETE.

Aussi l'oysiueté te fait creuer de graisse.
Mais enfin diras-tu que ie n'ay pas raison,
Mangeans tous deux le pain de la méme maison,
De me plaindre de toy, que iamais en ta vie
De soulager Lisette il ne t'a pris enuie.

RAGOTIN.

Ah! si tu le voulois!

LISETE.

Va, i'ay le cœur trop bon,
Qu'vne fille a de grace à prier vn garçon!

RAGOTIN.

Tu te fasches tousiours.

LISETE.

Ie ne suis que trop franche:
Mais i'espere qu'vn iour i'en auray ma reuanche.

RAGOTIN.

Ie te la donneray, si tu veux.

LISETE.

Mais voicy
Ma Maistresse qui vient, retire-toy d'icy.

SCENE

SCENE III.

EMILIE, AMINTE, LVCRECE, CORNELIE, LISETE.

EMILIE.

CEs Liures, bel esprit, sont-ils là dans leur place ?
C'est traitter les Sçauans auec fort bône grace;
Donnez leur, paresseuse, vn siege de gazon.
Il fait icy plus frais cent fois qu'à la maison.
Mesdames, plaçons-nous, & sans ceremonie.
Ie croyois receuoir plus grande compagnie,
Mais le nombre me plaist ; nous quatre nous faisons
Celuy des Elemens, & celuy des Saisons.

AMINTE.

Si des quatre Elemens nous sommes la peinture,
Vous estes le beau feu qui maintient la nature.

EMILIE.

Si des quatre Saisons nous portons les couleurs,
Vous estes le Printens qui produit mille fleurs.
Mais tréue, s'il vous plaist, de ces belles fleuretes,
Si l'on nous écoutoit, on nous croiroit coquetes,
Et ces Dames pourroient disputer iustement
A vous vostre Saison, à moy mon Element.

LVCRECE.

Ie n'y prens nulle part.

D

CORNELIE.

Pour moy ie vous le cede.

EMILIE.

Donc, que tout autre soin à present nous possede,
Faisons sortir pour nous, ainsi que du tombeau,
De nos quatre Elemens vn monde tout nouueau,
De nos quatre Saisons vne meilleure année,
Et pour tout nostre sexe vne autre destinée.
Aux hommes pleins d'orgueil il est par trop soûmis,
Nous n'ozerions rien faire, & tout leur est permis.
Pour nostre vnique employ, pour tout nostre partage,
N'aurons-nous donc iamais que les soins du ménage,
Et sans faire valoir nostre capacité,
Auront-ils dans l'estat toute l'authorité ?
Ouy, leur laissant la guerre, & les faits heroïques,
Nous pourrions bien remplir les charges pacifiques
Et tandis qu'ils iroient assurer les dehors,
Gouuerner du dedans les tranquilles ressors.
Ils ont pour s'establir Senats, Academies,
Cours, Dietes, Conseils ; Nous seules endormies
Nous seules sur le point de nous voir accabler,
Ne songeons point qu'il est tems de nous assembler.

AMINTE.

Plus que tems.

EMILIE.

Nous auons dans vn dessein si iuste
L'appuy d'vn fameux Prince, & d'vne teste auguste,
D'vn Heliogabale, & l'histoire fait foy,
Qu'en faueur de sa mere il en fit vne loy.

AMINTE.

Ha ! que si nous pouuions donter ces maistres hômes
Les reduire à leur tour à l'état où nous sommes,
Les regir vne fois, & prendre le dessus,
Qu'ils seroient étonnez, qu'ils deuiendroient confus

Mais nous n'auõs contre-eux, & cõtre leurs caprices,
Que noſtre complaiſance, & que nos artifices.
Nous declarons en vain la guerre à ces Demons,
Qui ſe moquent de nous, & de tous nos Sermons,
Et qui de leur fierté ne voulant rien rabattre,
Peuuent du moindre effort aiſément nous abbatre.

EMILIE.

C'eſt vne tyrannie, il faut la ſecoüer,
Et tout le ſexe enfin doit nous en auoüer.

LVCRECE.

Ouy, mais pour nos maris ayons de la prudence,
Il eſt de noſtre gloire, & de la bien-ſeance
De ne rien dire d'eux, dont nous puiſſions rougir.

AMINTE.

A ſon gré ſur cela chacune peut agir.
Le mien impunément tous nos ſecrets éuente,
Et vous pouuez penſer combien il en inuente.
Mais cela n'eſt qu'vn ieu, ſi nous le comparons
Au rude traittement de pluſieurs fanfarons,
Dont à peine vne femme, & bien faite, & bien née,
Peut arracher vn ſou dans le cours d'vne année,
Et qui prennent plaiſir pour montrer leur pouuoir,
De ſe faire prier mille fois pour l'auoir.

EMILIE.

I'auois auec le mien la méme peine à viure,
Il me plaignoit l'argent pour acheter vn liure,
Mon occupation luy donnoit de l'ennuy,
Et ie n'auois iamais de paix auecque luy.
Il auoit quelque eſprit, & c'eſtoit ma triſteſſe,
Car ie veux vn mary dont ie ſois la maîtreſſe,
Qu'vne veuve eſt heureuſe!

LVCRECE.

Ouy, ſans doute, elle l'eſt.
Et de tout noſtre ſexe embraſſant l'intereſt,

Il faudra s'ordonner en faueur de ces filles,
Qui, soit pour le peché de leurs pauures familles,
Soit pour autre defaut, demeurent à l'écart ;
Et ne peuuent treuuer de mary que bien tard,
Que l'on les emancipe ; & si l'on veut, j'appreuue
Que chacune à vingt ans ayt le breuet de veuue,
Qu'elle soit sa maîtresse, & suiue son humeur,
Et ne dépende plus d'vn pere ou d'vn tuteur.

EMILIE.

Mais c'est pour cette fois assez parlé des hommes,
Il faut parler aussi du desordre où nous sommes,
Y donner du remede, & que selon le sang
Chacune desormais se tienne dans son rang.
Nous voyons qu'aujourd'huy la petite bourgeoise
A marcher comme nous hardiment s'appriuoise,
Et que son sot mary, fust-il tres-indigent,
Luy fait porter la moire, & la toile d'argent.
Il luy faut vn carosse, ainsi qu'aux grandes Dames
Et si l'on void d'ailleurs à de certaines femmes
Vne queuë traîner de trois aunes de long,
Que fera la Marquise, & qu'aura-t'elle donc ?

AMINTE.

A voir comme à l'enui chacune s'accommode,
En moins de quatre iours la mode n'est plus mode ;
Sans vouloir discerner ny le bien, ny le sang,
Tout le sexe aujourd'huy marche d'vn méme rang.
Quelle confusion, iuste Ciel ! quel desordre !

EMILIE.

Les hommes, ie l'auoüe, ont icy bien à mordre.
Mais nous ne pouuons pas pour la premiere fois
Eplucher chaque chose, & faire tant de loix ;
Nous prendrons plus de tems pour demêler le reste,
Et nous empescherons par vn beau manifeste,

Que les hommes sur nous ne sonnent le toxin.
Seulement aujourd'huy sur nostre grand dessein
Ie veux vous faire part d'vne belle remarque.
Lisete, donnez-moy ce tome de Plutarque.
Vous me donnez Platon. Auez-vous l'esprit sain ?
Lisez le dos, aueugle. Il est Grec & Latin,
Mais ie l'expliqueray, syllabe pour syllabe.

AMINTE.
Le Grec & le Latin sont pour nous de l'Arabe.

EMILIE.
Sotte, ce n'est pas là le tome qu'il me faut.

LISETE.
Suis-ie Sorciere ?

EMILIE.
Non, ce n'est pas ton defaut.
Encor pis, esprit lourd, i'auois dit les Morales.
Vîte, allez les querir. Que ces ames brutales
Font de peine, & comment, sans perdre la raison,
Pourroit-on long-tems viure auec vn tel oyson ?
Elle m'a fait cent fois de pareilles saillies,
Et n'a sçû distinguer les Morales des Vies.
Mais la voicy déja. Quoy n'irez-vous donc pas ?
Qui vous fait retourner ?

LISETE.
Ie reuiens sur mes pas
Par le commandement de Monsieur vostre pere,
Vous dire qu'vn Marquis vient icy pour vous faire
Offre de son seruice, & pour vous épouser.

AMINTE.
Adieu donc.

EMILIE.
Demeurez, nous l'entendrons iaser.
C'est quelque fat sans doute.

L'ACADEMIE

LISETE.

Ouy, si ie ne m'abuse,
Il a tout le minois d'vn sot & d'vne buse.

EMILIE.

N'importe, il est Marquis, & ie tiens qu'vn butor
Pour vne habile femme est vn rare thresor.

LISETE.

Madame, le voicy.

SCENE IV.

LEARQVE, HORTENSE, GVILLOT, EMILIE, AMINTE, LVCRECE, CORNELIE.

LEARQVE.

Fâché de vous voir veuue,
Et qu'enfin ma maison sans heritier se treuue,
D'Hortense nostre amy i'ay suiuy le conseil,
Receuez de ma main ce Marquis sans pareil,
Ma fille, il me plaist fort.

AMINTE.

Quelle figure d'homme !

GVILLOT.

Pages, demeurez là. Si ie n'ay point de pomme
Pour donner à Venus, ie luy donne mon cœur,
Dont son œil egrillard se rend d'abord vainqueur.

EMILIE.

Le ioly compliment !

AMINTE.

Ah l'esprit ridicule !

EMILIE.

Embaraſſons-le vn peu. Ie ſuis aſſez credule
Pour écouter, Monſieur, ce compliment de vous,
Sous l'eſpoir de vous voir aujourd'huy mon Epoux.

GVILLOT.

Peſte qu'elle a de haſte ! elle fait les auances.

EMILIE.

Puis qu'on m'en a deſia donné les aſſeurances,
Ie croy deuoir agir auec vous ſans detour.

GVILLOT.

J'auray tant moins de peine à vous faire l'amour :
Mais ie crains bien d'entrer trop toſt en mariage,
Et vous n'en eſtes pas à voſtre apprentiſſage.

LEARQVE.

Monſieur, voſtre Marquis parle vn peu librement.

HORTENSE.

Peut-on eſtre bien ſage alors qu'on eſt Amant !
Deplus, ie vous ay dit qu'il eſt d'humeur gaillarde,

GVILLOT.

De vous remarier ſans doute qu'il vous tarde.

AMINTE.

Le plaiſant amoureux !

EMILIE.

                    L'amour qui traîne trop,
Comme il vient lentement, s'en retourne au galop,
Vous voyant ſi bien fait.

GVILLOT.

                        Elle mort à la grape.

EMILIE.

Ie crains auec raiſon qu'vn tel mary m'échape.

GVILLOT.

C'eſt bien fait ; car de moy mille cœurs ſont épris,
Et vous me deuez prendre auant que ie ſois pris.

Sçachez que des Marquis ie suis la quinte essence,
Et qu'auec l'Vniuers ma race prit naissance,
Voyez-vous ce bijou, tenez, c'est mon cachet,
Et vous y pouuez voir mes armes fort au net.

E M I L I E.

Bon Dieu, que de quartiers!

G V I L L O T.

Ce sont mes alliances.

L E A R Q V E.

Ma fille, quel bon-heur!

H O R T E N S E.

Sur toutes les Sciences,
I'ay tousiours fait grand cas de celle du Blazon.
Ces armes du milieu sont de vostre maison?

G V I L L O T.

Iustement.

L E A R Q V E.

Qu'est-ce donc? dites le nous de grace,
On ne les peut bien voir dans ce petit espace.

H O R T E N S E.

I'en meurs aussi d'enuie, & vous en prie encor.

G V I L L O T.

D'accord. Ie porte donc trois testes d'oyson d'or,
Deux en chef, vne en pointe.

H O R T E N S E.

En quel champ?

G V I L L O T.

Champ de gueule,
De toutes les couleurs ie suis pour cette seule;
Car i'en ay tué mille, & le sang d'vn oyson
Est égal en rougeur au sang d'vn furibond.
Des armes parlent haut, vn chiffre est trop vulgaire,
Mon carosse les porte & deuant, & derriere,

Aux flancs, aux arcboutans qui portent l'aileron.
Elles sont à ma porte, en ma salle, au perron,
Par tout.

EMILIE.
Et pour cimier ?
GVILLOT.

Des armes importantes
Demandent plus qu'vn chien les oreilles pendantes.
Ce timbre est trop commun.
HORTENSE.

Il ne le sera plus
Si l'on veut ajoûter deux cornes au dessus.
GVILLOT.
Pronostique asseuré du futur cocuage,
Dés que i'auray l'honneur d'entrer en mariage.
EMILIE.
Et l'Ecusson enfin qu'a-t'il donc pour support ?
GVILLOT.
Deux Singes. Mes ayeux ne s'en piquoyent pas fort ;
Mais ie veux les changer, ils ne me sçauroient plaire,
Et ie ne voudrois rien que d'extraordinaire.
Les Princes ont tout pris, les Lions, les Dragons,
Les Cerfs, les Leopars, les Aigles, les Griffons ;
Ie veux tant que ie puis éuiter les coppies.
HORTENSE
Ie vous conseille donc de prendre deux Harpies.
La deuise, le cry, tout cela doit porter
Quelque chose de grand, & qui puisse éclater.
Charle-quint à courir auoit si bonne haleine,
Qu'il prit tres-à propos, *plus outre*, pour la sienne.
Son Successeur auoit, *à quiconque en voudra.*
GVILLOT.
Pour deuise i'ay pris, *Nul ne s'y frotera.*
Pour cry, *Tout au hazard.*

LEARQVE.

Monſieur, ne vous déplaiſe,
Si ie vous ay laiſſé parler tout à voſtre aiſe,
C'eſt afin de pouuoir vous apprendre à mon tour,
Que mon eſtoc au voſtre en doit peu de retour.

GVILLOT.

Ah ! ceſſons de parler chacun de noſtre race.
Suffit que des Marquis i'ay le port & l'audace.

AMINTE.

Vrayment en bonne mine il les ſurpaſſe tous.

GVILLOT.

Taiſez-vous, s'il vous plaiſt, ie n'en veux pas à vous.

EMILIE.

Elle eſt ma bonne amie.

GVILLOT.

Vn peu trop ce me ſemble,
Et ie vous guigne là quatre teſtes enſemble,
Qui me portez bien l'air de n'auoir qu'vn bonnet.

EMILIE.

Quoy ? vous fâcheriez-vous qu'on vous treuue bien
    fait ?
Chez qui vous faites-vous ajuſter de la ſorte ?

GVILLOT.

I'ay ſans aller bien loin les baigneux à ma porte,
Et ne ſuis en nul lieu mieux que chez les Louuars.

EMILIE.

Vous eſtes ſans mentir galand de toutes parts,
Et l'on ne peut aſſez loüer voſtre perruque.

GVILLOT.

Ce qui m'en plaiſt le plus, elle couure la nuque,
Et contre tous les vens luy ſert d'vn bon écran.

EMILIE.

Qui vous coiffe ſi bien ?

GVILLOT.

Si bien ? C'est Payfan,
Et ie me fers toufiours de ceux qui font en vogue.
Des fameux en chaque art ie tiens le catalogue.
Des Marchands, des Tailleurs, des Baigneux, des
    Gantiers,
Des Parfumeurs, Lingers, Chappeliers, Cordonniers,
Et de tout l'attirail que demande la mode.

AMINTE.

C'eft des plus fins galans obferuer la methode.

GVILLOT.

On ne demande pas fur cela voftre auis,
Madame, qui portez fouliers à pont-leuis,
Pour pareftre plus grande & de plus belle taille.

EMILIE.

La colere vous prend !

GVILLOT.

Ce n'eft qu'vn feu de paille,
Ie me fâche & m'appaife ainfi cent fois le iour.

AMINTE.

Ah le bizarre efprit !

GVILLOT.

Ah la gueule de four !
Comme futur Epoux, ie vous enioins, Madame,
De luy fermer la bouche, & luy chanter fa game,
Car elle caufe trop, & fuyez ce defaut.

LVCRECE.

Cét homme pour vn fot parle defia bien haut.

CORNELIE.

Vous pourriez-vous tromper & prendre vn fâcheux
    Maiftre.

EMILIE.

Ie le rangerois bien, & fi bien, que peut-eftre.

GVILLOT.

Dittes moy, sont-ce là vos liures de raison,
Pour coucher la dépense & regler la maison?
C'est tres-bien fait à vous, i'aime les menageres.

EMILIE.

Pauure sot, ie te plains, tu ne me connois gueres.

GVILLOT.

Que dites-vous mon cœur?

EMILIE.

Ie dis tout bien de vous.

GVILLOT.

Auez-vous bonne main? voyons.

EMILIE.

O Roy des fous!

GVILLOT.

Vous écriuez bien mal. Ce sont des piés de moûche.

EMILIE.

C'est du Grec.

GVILLOT.

Du Grec!

EMILIE.

Ouy.

AMINTE.

Peut-estre estes vous loûche.

GVILLOT.

Vous vous trompez, Madame, & ie vois assez net,
Pour remarquer en vous vn certain air coquet.

SCENE

SCENE V.

LEARQVE, HORTENSE, EMILIE,
AMINTE, LVCRECE, CORNELIE,
GVILLOT, LISETE.

LISETE.

AH Madame !

EMILIE.
Quoy donc ? voyez l'eceruelée

LISETE.
Ie suis morte, i'ay vû.
EMILIE.
Quoy ? qu'est-ce ?
LISETE.
En cette allée
Le Baron.

GVILLOT.
Quel Baron, & du plus fin aloy
Ozeroit affronter vn Marquis comme moy ?
Qu'il vienne.

EMILIE.
Acheuez donc.
LISETE.
Le Baron de la Roque.
EMILIE.
Quoy ?

E

LISETE.
Se promene icy!

EMILIE.
La folle.

GVILLOT.
Ie m'en moque,
Quel qu'il soit, i'ay mon sabre, il en pourra taster,

EMILIE.

Vn papillon volant pourroit l'épouuanter,
Cent fois elle m'a fait vn monde d'vn atôme,
Et le premier objet est pour elle vn fantôme.

LISETE.

Quoy que vous en disiez, ma foy ie voy bien clair,
Et si c'est vn fantôme, il est d'os & de chair.

SCENE VI.

LEARQVE, HORTENSE, LA ROQVE,
EMILIE, AMINTE, LVCRECE,
CORNELIE, GVILLOT,
LISETE.

LA ROQVE.

IL est tems d'approcher,
LISETE.
Ah le voicy, Madame !
LEARQVE.
Que voy-ie là ? mon gendre ! Ah Ciel !
EMILIE.
Ah ! ie me pasme !
GVILLOT.
N'est-elle point suiette à tomber du haut mal ?
Quel diable de Baron ay-ie là pour riual ?
LA ROQVE.
Monsieur, que faisiez-vous auprés de cette Dame ?
GVILLOT.
Ce qui me sembloit bon. Page apporte ma lame.
LA ROQVE.
Sçauez-vous l'interest que i'ay de le sçauoir ?
GVILLOT.
Ie dors bien sans cela.

LA ROQVE.

Ie vous le feray voir.
Allons.

LEAROQVE.
Tout doux, Messieurs.

GVILLOT.

Il fait le Diable à quatre;
Baron, ie suis Marquis, mais non pas pour me battre;
Et vous croyant d'ailleurs vn fantôme à vostre air,
Ie m'échauferois trop à ne battre que l'air;
A tuer vn esprit on n'aquiert point de gloire,
Ne nous battons dõc point si vous m'en voulez croire.

LA ROQVE.

Ne raillons point, vous dis-ie, & tranchons court &
     net,
I'ay trop de patience.

GVILLOT.

Ah! petit Baronnet,
A ce que ie puis voir vous estes bien colere.
Mais que vous ay-ie fait qui vous puisse déplaire;
Car ie ne me bas point comme vn desesperé,
Et ie veux de la cause estre bien asseuré;
Puis ie vous montreray si i'ay bien du courage.

LA ROQVE.

Ne me connois-tu pas?

GVILLOT.

Non, ie sors du Village,
Paris m'est tout nouueau, ie ne vous connus onc;
Ie ne veux que la paix, que me voulez-vous donc?

LA ROQVE.

Aprenez que ie suis le mary d'Emilie,

GVILLOT.

N'auez-vous iamais eu quelque grain de folie?

SCENE DERNIERE.

LEARQVE, HORTENSE, LAROQVE,
EMILIE, AMINTE, LVCRECE,
CORNELIE, LISETE, GVILLOT,
RAGOTIN.

LEARQVE.

HA! ma fille, ma fille, on se moque de nous,
Hortense nous trahit pour se vanger de vous;
Bernez-moy ce Marquis, c'est vn valet infame,
Dont ce perfide amy vouloit vous rendre femme,
Soûs des habits d'emprunt il l'auoit deguisé.

RAGOTIN.

C'est Guillot.

GVILLOT.

Me voila bien-tost demarquisé.

LAROQVE.

C'est ce que d'vne femme a produit la sottise.

GVILLOT.

Monsieur, retirons-nous auant qu'on nous le dise,
Ie crains de ce Baron le chaud temperament.

RAGOTIN.

Adieu donc camarade.

GVILLOT.

Adieu sans compliment.

LA ROQVE.

Sortez d'icy tous deux. Vostre lâche imposture
Aura son châtiment.

EMILIE.

Quelle est mon auanture !
Auec tout son sçauoir mon esprit egaré,
D'vn coup si surprenant s'est assez mal paré.
Est-ce bien mon mary ?

LISETE.

C'est luy-méme, Madame.

LA ROQVE.

Oüy , c'est moy qui croyois estre encore en vostre
ame ,
Qui ne connois que trop qu'il faut peu vous prier,
Pour vous porter bien-tost à vous remarier.
Mais vn si beau dessein par mon retour échoüe.

EMILIE.

Oüy, ce retour, Monsieur, me surprend, ie l'auoüe.
Mais bien loin que i'aye eu la moindre affection
Pour ce Marquis d'emprunt digne d'auersion ,
Dés que ie vous crûs mort , ie iuray sur Seneque,
De n'epouser iamais qu'vne Bibliotheque.
C'estoit le seul mary que ie voulois auoir,
Et ie croy qu'auec vous ie le puis receuoir ;
Ce sont de ces amis que sans honte & sans blâme,
Peut bien entretenir la plus honneste femme,
Et vous ne deuez point en nourrir du souci.

LA ROQVE.

Non, mais de vostre gloire, & de la mienne aussi.

Madame, à mon retour aprenez à mieux viure,
Oſtez de mon logis iuſques au dernier liure,
Chaſſez tous ces Autheurs qui vous troublent les ſens,
Goûuernez la maiſon, & veillez ſur vos gens.

EMILIE.

Quel eſt noſtre malheur ! maudite obeïſſance !
Et que l'homme a ſur nous vne injuſte puiſſance !
Adieu Plutarqua, adieu Seneque, adieu Platon,
Adieu Campanelle, Des Cartes, Caſaubon.
Rentrons puis qu'il le faut, rentrons dans l'eſclauage,
Que tu m'as peu duré trop aimable veuuage !

LA ROQVE.

Madame, vous aurez vn deſtin trop heureux,
Si vous ſçauez répondre à mes ſoins amoureux.

F I N.

PRIVILEGE DV ROY.

Louis PAR LA GRACE DE DIEV Roy DE FRANCE ET DE NAVARRE, A nos Amez & feaux Conseillers, les gens tenans nos Cours de Parlement, Maistres des Requestes ordinaires de son Hostel, Baillifs Senechaux, Preuosts, leurs Lieutenans, & à tous autres Iusticiers & Officiers qu'il appartiendra. SALVT: Nostre amé SAMVEL CHAPVZEAV, Nous a fait remonstrer qu'il souhaiteroit de faire imprimer vne Comedie qui a pour tiltre, *L'Academie des Femmes*, pourueu qu'il eust nos Lettres de permission sur ce necessaires. A CES CAVSES, desirant gratifier l'Exposant, nous luy auons permis & permettós par ces presentes, de la faire imprimer, vendre & debiter en tous les lieux de nostre obeïssance, par tels Imprimeurs & Libraires qu'il voudra choisir ; & faisons deffenses tres-expresses à toutes personnes de quelque qualité & condition qu'elles soient, de l'imprimer sous pretexte d'augmentation, changement de tiltres, fausses marques, ou autre déguisement en quelque maniere que

ce soit, sans le consentement de l'Exposant,
ou de ceux qui auront droict de luy, à peine
de trois mil liures d'amande, payable sans
deport par chacun des contreuenans, & ap-
plicable vn tiers à Nous, vn tiers à l'Hostel-
Dieu de Paris, & l'autre tiers au Libraire
dont il se sera seruy, de confiscation des
Exemplaires contrefaits, & de tous despens,
dommages & interests, & ce durant le temps
& espace de sept ans, à condition qu'il sera
mis deux de ceux qui seront imprimez, en
vertu des presentes, en nostre Bibliotheque
publique, & vn en celle de nostre tres-cher
& feal le Sieur Seguier, Cheualier, Chance-
lier de France, auant que de les exposer en
vente, & qu'elles seront registrées dans le
Liure de la Communauté des Libraires de
nostredite Ville de Paris, à peine de nullité
d'icelles: Du contenu desquelles nous voulons & vous mandons, que vous fassiez
joüir plainement & paisiblement l'Exposant,
& ceux qui auront son droict, sans permettre qui leur soit fait aucun trouble ny empes-
chement; Voulons aussi, qu'en mettant au
commencement ou à la fin des presentes vn
Extraict, elles soient deuëment signifiées, &
que foy y soit adjoustée, & aux coppies col-
lationnées par vn de nos amez & feaux Con-

seillers & Secretaires , comme à l'Original ,
& en cas de contestation , ou opposition ,
Nous en auons retenu & retenons la connoissance à Nous & à nostre Conseil , auec
interdiction à tous autres Iuges d'en con-
noistre : MANDONS au premier nostre Huis-
sier ou Sergent sur ce requis , de faire pour
l'execution d'icelles tous Exploicts necessaires , sans demander autre permission : CAR
tel est nostre plaisir , nonobstant oppositions ,
ou appellations quelconques , & preiudice
d'icelles , pour lesquelles ne voulons qu'il
soit differé , & dont nous nous reseruons la
connoissance à Nous , & à nostre Conseil ,
Clameur de Haro , Chartes Normandes ,
Priuiléges contraires obtenus ou à obtenir ,
soit que le temps en soit expiré ou non , ce
que nous n'entendons preiudicier au contenu du present Priuilege, & toutes autres Lettres à ce contraires , ausquelles nous déro-
geons pour ce regard. DONNE' à Paris le
treiziesme iour d'Octobre l'an de grace mil
six cens soixante-vii ; & de nostre Regne le
dix-neufiesme : Signé , Par le Roy en son
Conseil, BOVCOT ; & scellé.

Et ledit Sieur CHAPVZEAV a cedé
son droict de Priuilege à Augustin Courbé & L[...]

I

Billaine, Marchands Libraires, pour en joüyr suiuant l'accord fait entr'eux.

Regiſtré ſur le Liure de la Communauté des Libraires & Imprimeurs, ſuiuant l'Arreſt de la Cour. Signé DV BRAY, Syndic.

Les Exemplaires ont eſté fournis.

Acheué d'imprimer le 27. Octobre 1661.

9 782329 066387